SPideY

Le Carmel Uí Cheallaigh

Maisithe ag Fintan Taite

Do mo thuistí
Joe agus Margaret Maloney

Tá Mamaí ag ullmhú sailéid le haghaidh lóin.
"Spidey!" a gháir Séimí.
"Óró muise," arsa Mamaí,
"Damhán alla glas, sin rud nach bhfaca mé riamh!"

Tá Daidí ag tochailt sa ghairdín.
"Spidey!" a gháir Séimí.
"Óró muise," arsa Daidí, "ní fhaca mé riamh
damhán alla a raibh sé chos faoi."

Tá Mamó ag fuáil ar a hinneall fuála nua.

"Spidey!" a gháir Séimí.

"Bulaí fir, a Shéimí!" arsa Mamó.

"Sníomhann damháin alla snáth speisialta síoda."

Tá Daideo ag iascaireacht sa lochán beag.
"Spidey!" a gháir Séimí.
"Bulaí fir, a Shéimí!" arsa Daideo.
"Itheann na damháin alla cuileoga agus tá súil agam
go n-itheann na héisc seo iad chomh maith."

Tá a dheartháir mór, Daithí, ag ithe liocrais.

"Spidey!" a gháir Séimí.

"Éist, a Shéimí, níl damháin alla chomh blasta leis seo," arsa Daithí.

Tá Cleo Cat ina suí ar an tolg.
"Spidey!" a gháir Séimí.
"Mí-abha!" a deir Cleo Cat.

Tá Séimí san fholcadán
"Spidey!" a gháir Séimí.
"Ní damháin alla iad na feithidí go léir,"
a deir Mamaí.

Tá Mamaí agus Daidí ag labhairt faoi Shéimí.
"Tá dúil mhór aige i ndamháin alla, i ndairíre" arsa Daidí.
"Tá a fhios agam cad a dhéanfaimid" arsa Mamaí.

Tá Mamaí agus Séimí sa leabharlann
"Tá a lán cineálacha damhán alla i dtíortha éagsúla
ar fud an domhain," a léann Mamaí.
"Tabharfaimid an leabhar seo abhaile linn."

Tá Daidí agus Séimí ag an Zú.
I dteach na bhfeithidí atá siad .
"Is tarantúla é an ceann mór
clúmhach sin," a deir Daidí.

Tá lá breithe Shéimí tagtha.
Nach é atá sásta!
Tá cóisir mhór ar siúl.

Osclaíonn Séimí a bhronntanas
"Yahúúú!" a gháir gach duine
"Hurá!" a gháir Séimí...

"Mise Spidey!"